COLLECTION DU PRINCE T** [Troubetzkoy]

TABLEAUX

ET

DESSINS MODERNES

VENTE

Le Samedi 11 Janvier 1862, à 3 heures précises.

Mᵉ ESCRIBE, Commissaire-Priseur.

M. F. PETIT, Expert.

1862

RENOU ET MAULDE

IMPRIMEURS DE LA COMPAGNIE DES COMMISSAIRES-PRISEURS

Rue de Rivoli, 144.

CATALOGUE

DE

TABLEAUX

ET

DESSINS MODERNES

Composant le Cabinet du Prince T***

DONT LA VENTE AURA LIEU

HOTEL DROUOT

SALLE Nº 5

Le Samedi 11 Janvier 1862

A TROIS HEURES PRÉCISES

Par le ministère de Mᵉ **ESCRIBE**, Commissaire-Priseur,
rue Saint-Honoré, 217,

Assisté de **M. Francis PETIT**, Expert, 43, rue de Provence

CHEZ LESQUELS SE DISTRIBUE CE CATALOGUE

EXPOSITION PARTICULIÈRE

Le Jeudi 9 Janvier 1862, de 1 heure à 5 heures.

EXPOSITION PUBLIQUE

Le Vendredi 10 Janvier 1862, de midi à 5 heures.

1862

CONDITIONS DE LA VENTE

—

Elle sera faite au comptant.

Les Acquéreurs paieront, en sus des adjudications, CINQ pour CENT applicables aux frais de la vente.

LE CATALOGUE SE DISTRIBUE :

A PARIS..... CHEZ Mᵉ **ESCRIBE** , Commissaire - Priseur, 217, rue
Saint-Honoré.
—   M. Francis **PETIT**, Expert, 43, rue de Provence.
A BRUXELLES.... M. HOLLENDER.
A LA HAYE....... M. VAN GOGH.
A AMSTERDAM... M. DEWRIES (Jᵘⁿ).
A BERLIN........ LEPKE (N.-L.).

DÉSIGNATION

DES

TABLEAUX

ET

DESSINS

BARYE

1 — Une Panthère.

(Aquarelle.)

DE BEAUMONT (ÉDOUARD)

2 — Un jour d'hiver.

(Aquarelle.)

DE BEAUMONT (ÉDOUARD)

3 — Un jour d'été.

(Aquarelle.)

ROSA BONHEUR

. — Vaches au Pâturage.

H. 59 c. L. 80 c.

ROSA BONHEUR

5 — Vache et son Veau. Paysage; effet de brouillard.

H. 16 c. L. 22 c.

BONINGTON

6 — Bateau de Pêcheur.

H. 14 c. L. 19 c.

BRASCASSAT

7 — Vache suisse, pâturage du canton de Fribourg.

H. 47 c. L. 63 c.

BRILLOUIN

8 — Avant l'Audience.

H. 20 c. L. 15 c.

CABAT

9 — Mare près la Pagode, forêt d'Amboise.

(Aquarelle.)

CALAME

10 — Bords du lac des quatre Cantons.

H. 52 c. L. 64 c.

COMTE

11 — La Magicienne.

H. 81 c. L. 66 c.

DAUBIGNY

12 — Paysage au Printemps.

H. 21 c. L. 35 c.

DECAMPS

13 — Relai de Chiens de chasse.

(Grande aquarelle.)

DECAMPS

14 — Albanaise revenant de la fontaine.

(Dessin rehaussé.)

DECAMPS

15 — Chasse au Lapin.

(Aquarelle.)

DECAMPS

16 — Bohémiens.

H. 32 c. L. 24 c.

DECAMPS

17 — Une Rue à Smyrme.

H. 79 c. L. 60 c.

DIAZ

18 — Intérieur de Forêt.

H. 24 c. L. 39 c.

DIAZ

19 — Chevaux dans la prairie.

H. 25 c. L. 33 c.

DUPRÉ (JULES)

20 — Paysage.

H. 26 c. L. 25 c.

FROMENTIN

21 — Le Simoon.

H. 24 c. L. 39 c.

GÉRICAULT

22 — Charge de Cuirassiers.

(Aquarelle.)

GÉROME

6750. 23 — Intérieur de Corps-de-Garde Albanais.

H. 40 c. L. 29 c.

GÉROME

1130. 24 — Une Fontaine à Rome.

H. 26 c. L. 24 c.

T. GUDIN

1500. 25 — Une Plage de l'Amérique du Sud.

H. 45 c. L. 76 .

T. GUDIN

800. 26 — Entrée du Port d'Aberdeen.

H. 31 c. L. 44 c.

HOFER, D'APRÈS COUTURE

120. 27 — Le Fauconnier.

H. 14 c. L. 11 c.

HOGUET

200. 28 — Bateau de Pêcheur à marée basse.

H. 31 c. L. 50 c

INGRES

850. 29 — Portrait de Femme.

Costume du temps de l'Empire.

Forme ovale.—H. 60 c. L. 48 c.

ISABEY

625. 30 — La Rixe.

H. 50 c, L. 66 c.

JACQUE

750. 31 — Intérieur de Basse-Cour.

H. 24 c. L. 19 c.

JACQUE (CH.)

2,100 32 — Printemps.

H. 106 c. L. 78 c.

MARILHAT

230

33 — Bords d'un Étang.

H. 55 c. L. 40 c.

MEISSONIER

6,100.

34 — Un Arquebusier.

H. 15 c. L. 11 c.

MERLE

1295.

35 — La Servante curieuse.

H. 27 c. L. 21 c.

ROBERT (LÉOPOLD)

2400.

36 — Femme Italienne de la campagne de Rome.

H. 56 c. L. 49 c.

ROUSSEAU (THÉODORE)

700

37 — Paysage. Effet du soir.

H. 26 c. L. 33 c.

ARY SCHEFFER

38 — La Femme du Pêcheur.

H. 00 c. L. 00 c.

TROYON

39 — Animaux à une mare.

H. 46 c. L. 38 c

ZIEM

40 — Mosquée sur le Bosphore.

H. 60 c. L. 44 c.

Renou et Maulde, imprimeurs de la Compagnie des Commissaires-Priseurs,
rue de Rivoli, 144.   8388